# 세상을 물들인 미소

지으소서

_____ 님께

_____ 드림

글벗시선225 조이인형 여섯 번째 시와 시조집

# 세상을 물들인 미소

조이인형 지음

도서출판 글벗

# 시집을 출간하며

 시를 쓴다는 것은 감정을 다스리고, 자신을 다듬어 사랑을 나누는 일입니다. 슬픔과 미움을 녹여 사랑으로 승화시키는 행위, 그 자체가 사랑입니다. 시는 서로 공감하고 감성을 나누는 소통의 매개체이자, 삶을 행복으로 채우는 도구가 되기를 기원합니다

 이번에 네 번째, 다섯 번째, 여섯 번째 시집을 동시에 선보이게 되어 기쁩니다. 아울러, 이 책의 출판 비용 일부를 지원해 주시고 끝까지 지도와 격려를 아끼지 않으신 계간 글벗 편집주간 최봉희 회장님과 "매일 글쓰기 프로젝트"에 꾸준히 참여하며 얻은 결실입니다. 글벗문학회 프로젝트 운동을 주관해 주신 운영위원님들께 깊이 감사드립니다. 따뜻한 관심을 보내주신 독자 여러분과 지도와 격려를 아끼지 않으신 글벗문학회 회원님들께 깊이 감사드립니다.

 이 시집이 독자 여러분의 마음에 작은 울림과 위로가 되길 바랍니다.

2025. 4. 1
조이인형(본명 조인형)

# 차 례

# 제1부 바람 따라 흘러가는 꿈

# 제2부 붓끝에 담긴 꿈

# 제3부 외로운 밤의 노래

# 제4부 행복으로 가는 길목에서

# 제1부
# 바람 따라 흘러가는 꿈

# 거친 길 위의 노래

달린다
힘차게 인생의 길을 달린다
내가 가는 길 맞을 거야
좋은 길일 가야
빨리 갈 수 있을 거야

기쁨도, 사랑도, 행복도
모두 꽃길에 흩뿌려 둔 채
목적지를 향해 정의롭게
자동차처럼 달린다
앞만 보고 달려간다

그렇게 힘차게 달려왔던 그 길이
험하고 거칠고 먼지만 휘날리는
느린 길이었다

바보처럼 비포장을
달리고 있다

# 고독의 속삭임

고독이
나를 찾아왔다

무슨 일이냐고
고독에게 물었다
"너와 친구하고 싶다"

그래, 친구 하자며
손을 내밀었더니

고독이 싫다며
도망가 버린다

## 꽁감의 파동

자신을 다듬고 통찰하는 일
모든 사물을 주의 깊게 바라보고
그 느낌을 글로 담아내는 일

감정을 다스리고 용서하며
삶을 더 건강하고 즐겁게
살아가려는 노력이라고 믿고 싶다

글로 감정을 표현하는 일은
참으로 멋지고 즐거운 일

운율에 실린 감정을
있는 그대로 담아내어
독자들이 함께 공감할 수 있는
그런 시가
되었으면 하는 바람이다

# 그대 입술, 그 떨림

누가 말했든가
꽃이 예쁘다고

꽃이 예쁜 건
맞는 것 같은데

그보다도
"예쁘다" 말해주는

그대 입술이
더욱더 예쁘다

# 그리움의 끝에서

메마른 대지 위에
여우비 찾아드니
맑아진 등산로 길
연초록 여울지고
골짜기
자작나무 위
다람쥐도 반기네

동산에 아침 햇살
꽃처럼 피어나며
고목이 움이 트고
새싹이 돋아나니
앙가슴
그리움 찾아
샘물처럼 흐르네

# 꼬리를 흔드는 햇살

팔당호 수면에 반짝이는
윤슬은 아릿하고
벚꽃잎은 흰 눈처럼 흩날린다
철쭉꽃은 한 송이 두 송이
살며시 고개를 들기 시작하는
다산 생태공원

나무 그늘 사이로 햇살이
꼬리를 흔들며 춤추는 자리에 앉아
조심스레 도시락 뚜껑을 연다

초등학교 시절 손에 쥐었던
꽁보리밥 도시락
오이장아찌의 짭조름한 기억이
안개처럼
아련히 피어오른다

# 꿈같은 하루

깨지 마
그냥 꾸고 있어

계속
그대로 꾸어

영원히
인생은 꿈이잖아

사는 게
꿈이지 뭐

꿈이 별거 있겠어
그냥 꾸면 되는 거야

# 내 마음이 닿는 곳

태양은 두툼한 마음으로
비타민 디를 듬뿍 뿌려주고
온돌방처럼 따스한 사랑을
건네지만
우리 싫다며
에어컨 아래 멈춰버린다

언젠가는 춥다며
햇빛을 달라 조르던

그 시절은 어디로 갔을까
까마득히 잊어버린 체
그저 흘러가는 것이
마음인가 보다

# 너 홀로 빛나는 순간

아무도 없는 깊은 골짜기
너 홀로 피어나
덜덜 떨고 있구나

무엇이 그리 급해
세상에 이토록 일찍 나와
추위에 고생하느냐

햇볕이 따뜻해지고
나비와 벌들이 꽃을 찾아다닐 때
나오면 좋을 텐데
왜 하필 혼자 나와
이리도 떨고 있니

추위에 입술 끝이
붉게 멍이 들었구나

# 너에게 여기가 어떤 곳

토끼야 무엇이
그리 즐거워

작은 울타리 속 세상이
온 세상인 듯

가벼운 발걸음으로
춤을 추는구나

혹시
이곳이 감옥이라는 걸
모르는 걸까

# 달콤한 향기가 머무는 곳

포근한 봄바람처럼 불어와
내 가슴을 살며시 어루만지네

그 바람 따스한 손길이 되어
마음속 깊은 곳
다독이고
살며시 미소를 피워낸다

그리운 마음도
봄바람을 따라 흩날리고
아기처럼 엄마 품을 찾아간다
달콤한 향기로 가득한 쉼터

눈 감으면 온기가 느껴지는 듯
세상이 모두 따뜻해지고,
내 마음은 아무 두려움 없이
잠이 든다

# 달콤한 아이스크림 한입

엄마
응

나 예뻐?
응

얼마만큼 예뻐?
하늘만큼

정말?

응
그럼
아이크림 사줘

# 돛단배에 실은 꿈

옷자락 붙잡고서
세월은 가고 있네
저만큼 애달픔도
등지고 가고 있다
밤꽃의
향기마저도
저 산 넘어 고개로

봄날이 품 안에서
순식간 지나갔네
뜨거운 태양 빛이
가슴을 후려친다
세월아
돛단배 타고
가자꾸나 순풍에

# 뒤뚱뒤뚱 흐르는 봄

머리 위 파란 하늘
두르고
바람은 남쪽에서
속살거리며 달려오니
바람과 함께 오르락내리락

돌아 돌아
연초록 오솔길
하염없이 뒤뚱뒤뚱
오리처럼 걷다 보니
다리가 무거워지는구나

초여름처럼 따뜻해진 햇볕
시원한 봄바람이
살짝이 땀을 닦아주고
벚꽃은 봄을 쏟아붓고
연산홍은 옹이를 그리며
별빛같이
반짝이는구나

# 떨어지는 강물의 속삭임

키워 주었으면, 그만이지
키웠다 하면, 그만이지

소리 없이 흘러가지
못하는 폭포처럼
떨어지는 강물이란 말인가

사랑했으면 그만이지
왜 눈물은 버리지 못할까

보슬비의 눈물은
낙엽에 맺혀
찬 바람맞으며
기다림 속에 아픔을 새기네
너울진 저 산 위에
비둘기는 아파하며
무언의 노래를 흩뿌린다

# 마음이 허기질 때

은빛 물결 이는 호수 공원
우리 가족 꽥꽥
목이 간지러운지
여기저기 두적두적
발길질이 분주하다

집 없는 오리들
풀밭 위에 찌그러져
불편 없이 눈을 붙인다
어둠이 안개처럼 사라진
호수 위에서
날름거리는 물결 따라 떠돈다

오리는 배고프고
나는 마음 고프다

# 멈춰 선 풍차의 노래

풍차야
빙글빙글 돌아라
바람이 아우성치며 속삭인다

미안해, 미안해
정말 미안해
나는 돌지 못하는 풍차야

나는 그저 그림 같은 풍차야
그림이 맞긴 하는데
나도 모르겠어

# 묻고 싶은 한마디

초가집 보릿고개
어려워도 힘들어도
행복했다고 말하지요
진심일까 아닐까요

그리움 때문일까
보고픈 세월일까요
기억 속에 뭉텅이
정 때문일까요

가난했던 소년 얼굴
가끔은 보고 싶네요

지금이 행복한 건가
그때가 그리움 때문일까 아닐까
앵무새에게 물어볼까
말까요

# 미움 너머에 있는 곳

가슴속에 미움이 자리하기에
사랑이 존재하고
사랑이 있기에 미움도 모습을 드러낸다

그러나 미움이 지나치면
사랑은 무지개처럼
흩어져 사라지고,
사랑이 가득할 때
내 마음은 한여름에
사이다를 마신 듯 시원해진다

사랑 없는 행복은
꿈처럼 허무하게 사라져 버리고
미움이 쌓이고 또 쌓이면
가슴 아린 고통 속에 몸은 시들고
삶은 사막을 헤매는 듯

## 바람 따라 흘러가는 꿈

사랑은 주고 가는 것
사랑은 가져가지 못하는
것이기에 사랑이다

사랑을 가져가려는 건
덧없는 욕심일 뿐
사랑은 보름달처럼
세상에 밝은 빛을
남기고 가는 것

미움도, 그리움도,
희망도, 바람도
모두 지우고 빈손으로
조건 없이 내려놓는 것

허공 속 텅 빈 풍선처럼
바람 따라 흘러가는 것
그것이 내가 믿는 사랑이다

# 바람아 내 마음 담아

자꾸 흔들지 마라
내가 흔들리는 건
흔들리고 싶어서가 아니라

바람이 불면 마음이 약해져
거스를 힘조차 없기에
그저 흔들릴 뿐이디

흔들린다고 괜히 뭐라 하지 마라
바람이 분다고 꾸짖을 필요도 없다

어린 마음도 어느새 봉우리가 되어
바람을 막을 수 없음을
깨닫게 되니

그래 바람아 불어라
춥다고 구석에 숨을 수 없지
않겠느냐

# 불빛을 품은 밤

말없이 서 있는 가로등
어둠을 밝히는 작은 등불이
비바람 속에서도 꺼지지 않으니
그 모습이 대견하고 안쓰럽다

밤이 오면 불빛을 봉화처럼 밝혀 들고
길을 비추는 전신주
그 작은 어깨 위에 걱정이 태산이다

혹여 넘어질까 다칠까
빛을 비추며 속삭인다 조심히 걸어가라

불빛 아래 수많은 발자국과 그림자가
가는 길이 더 환하고
안전하기를 기도하며
이 밤도 꿋꿋이 자리를 정승처럼
떡 버티고 서 있다

# 제2부

# 붓끝에 담긴 꿈

# 붓끝에 담긴 꿈

어둠을 뚫고
서서히 밀려오는
아침 햇살의 시간 속에
호수는 또 하나의 태양 빛을
구름과 함께 품어
멋들어진 자태를 뽐내며 찾아온다

세상에서 가장 멋쟁이
화가처럼
누구도 셀 수 없는
아름다운 풍경화를 그려놓고
대체 누구를 위해
그토록 오래 기다리고 있는 걸까

# 비뚤어진 시대의 거울

어쩌다 우리는
황금만능의 늪에 빠져
부모 형제마저 외면한 채
남의 얼굴을 베끼고
그들만의 사유를 훔치며
살아가는 시대에 이르렀을까

가난마저 포장해
생활보장 대상자가 되고
손톱자국 하나로
수백만 원을 요구하는 세상

인간다움은 메말라가고
얼굴은 삭막하게 굳어간다
갈 곳 잃은 삭은 마음은
끝없는 외로움에 몸부림친다
우리는 어디로 가야 할까
성찰이 절실한 시대
그 갈증은 누구의 몫인가

# 공간의 속삭임

길가 점포들이
텅 비어 있다

공허함이 가득하다
어둠조차 비어 있다

하늘엔 구름조차
자취를 감추었다

나의 사랑도 비어 있고
내 마음 또한 텅 비었다

잡힐 듯 잡히지 않는
공간 속에서
나는 허우적거린다

# 빈손으로는 안 돼요

친구여
그대와의 그리움 가득 품고
젖은 눈망울로
저 하늘 흰 구름 위에
슬픔을 걸어 두었네
으악새처럼 목이 터져라
울고 있구려

누군가를 그리워하며
보고 싶어하고
사랑하며 살아간다는 것
그것이야말로
가장 인간다운 삶이 아니던가
벗이여

빈손으로 왔다고
그냥 떠나지 말게
그리움과 사랑을 품고
가깝고도 아득한 고향을
찾아가시게나

# 사르르 핀 꽃처럼

짙은 향 입속에서
사르르 피어나네
기다린 봄 쑥 향기
가까이 다가온다
맑은 날
간식 들고서
봄 쑥 캐려 가련다

짙은 향 콧속으로
살며시 찾아 든다
양지쪽 언덕 아래
햇빛이 머무른 곳
약쑥이
찾아오기를
기다리고 있구나

# 삶이 가르쳐 준 것

한 폭의 잡초처럼 한 송이 꽃처럼
혹은 한 그루 나무처럼
삶이 허락한 자리에 머물며
욕심을 비운다

꽃은 환히 웃음 짓듯 피어나고
잡초는 굽은 오솔길 따라 살랑살랑 춤을 추며
나무는 묵묵히 제자리를 지킨다

가을이면 낙엽이 지며
겨울이면 추위에도 아랑곳하지 않고
바람 부는 대로 몸을 맡긴 채
별빛이 쏟아지는 고요한 골짜기에서
불평 한마디 없이 봄을 기다린다

삶이 힘겹고 고단하다 하여
멀리 있는 무지개만 바라보며
한숨을 내뱉지 않고 좋아도 흥 나빠도 흥
어린아이처럼 해맑게 웃고
소소한 즐거움을 만끽한다

# 상큼한 당신의 미소

세월이 지나가니
갈수록 익어가네
달빛에 마음 싣고
그 순간 기억되네
젊은 날
상큼한 당신
마음 담고 흐르네

달빛이 지나가듯
세월이 가고 있네
나그네 떠나가듯
가버린 지난 추억
가슴속
깊은 곳에서
눈물처럼 흐르네

# 새벽 종소리 밟으며

괴로움은 바람에 실려 사라지고
고통이 머문 자리엔
고요히 슬픔이 피어난다
인생은 한 송이 꽃처럼
서서히 시들어 가며
자연스레 자신을 받아들인다

이른 새벽 시장은 분주하다
익모초 파는 아저씨의 걸쭉한 목소리엔
생의 생동감이 깃들어 있다

행복과 불행은
결국, 마음먹기에 달린 것
욕심을 내려놓고
소소한 정을 나눌 때
달빛 머금은 호수처럼
고요와 평화가 스며든다

별빛도, 달빛도

손끝에 걸려 비단처럼 흐르고
문학의 세계가
활짝 열리는 순간

얼마나 복된 일인가
세월의 고통을 털어내고
슬픔을 잊으며
감사의 기도로
새벽 종소리 따라간다

# 새침한 하늘의 눈빛

땅끝마을 전망대
이층 버스 닮은 모노레일을 타고 오르니
남해바다 전경이
카메라 렌즈처럼 한눈에 담긴다

새침한 하늘은 비바람을 밀어내고
솜틀 구름을 손 높이 들어
살며시 반긴다
저 멀리 한라산이 보일 듯
아른거리며 눈을 흐리게 한다

유람선은 학처럼 한가로이
노닐고
여객선은 자동차처럼 바삐
오가는데
뱃고동 소리가 들릴 듯 말 듯 망설이는 사이
바닷가 부표들이 꿈틀대며
아리아리 아리랑
리듬 따라 덩실덩실 춤을 춘다

# 생각을 담은 물줄기

어둠이 짙게 깔린
오대산 깊은 골짜기
적막은 발길을 붙잡고 머뭇거린다
쉼 없이 달아나는 물줄기
온갖 사연을 가득 실어
그 어디로 향하는가

물줄기의 깊은 속내를
읽으려 해도 보이지 않고
우렁찬 소리만 메아리쳐
적막을 품에 안는다

생각 많은 물줄기를 따라
달려가는 구름처럼
임을 찾는 이 마음도 빙빙 돌아
결국 내 가슴 깊이 스며든다

# 서글픈 기적의 울림

삶이란 희망 속에
남겨진 씨앗 한 톨
바람에  날아간다
볕 받니 그 자리에
멈추고
둥지 다듬어
멍석 깔고 꽃 피네

희망이 사라지면
외로움 적막 들고
가시밭 자갈길에
서글픈  기적 소리
길 잃은
등산객처럼
방황하며  속 타네

# 선물 같은 인생

덤으로 사는 인생
이제는 밑져야 본전이라지만
본전조차 다 뽑고도 남았지

마음은 맥주병처럼 시원하게 비우고
아픔은 친구처럼 다정히 맞아들이며

가는 세월에 한숨짓지 말고
오는 세월에 큰 기대도 말자

바람이 불면, 부는가 보다 하고
물결이 치면, 치는가 보다 하자
제비처럼 날아가는 세월

굳이 붙잡고 애태우지 말자
사랑만 가득 싣고
세월아 가거라
네가 가면 나도 간다

# 성장의 빛을 따라

근심 걱정 없는 인생은
속이 빈 찐빵과 같아서
한 입 베어 물 때마다
허전함이 깃든다

삶은 기쁨과 즐거움만으로
온전히 채워질 수 없는 법
그 속엔 슬픔도, 걱정도
삶의 한 조각으로 스며 있다

때로는 걱정이 나를 짓누르고
근심이 발목을 잡는다 해도
걱정 속에서 피어나는
성장의 빛을 기억하리라

# 세물 머리

외로움에 홀로 흐르기
싫어
강물은 서로 만나
손뼉을 치며
좋아라 요란한 물소리를 낸다

용이 승천했다는 회룡포
세물 머리
세월처럼 강물은
강길  따라
속삭이듯 끊임없이 흘러간다

관광버스 가득 실린
세대들
세물 머리 물결처럼
뒤섞여
회룡포 세물 머리를
바라본다

# 수양의 길목에서

계곡물 자갈자갈
메아리처럼 속삭인다
유리알처럼 투명하게
순수함으로 똘똘 뭉쳐

모난 바윗돌을 부처님 마음으로
수천 년 쓸고 닦아 어른다

거친 바위를 다듬어
어린 동자의 모습으로 빚고
수양하는 마음으로 몽돌을 만들어 간다

월정사 부처님께
수천만 배 드리는 물결 소리
숨이 차오르며 거품을 문다

오늘도 하염없이 쉬지 않고
소원 성취 발원한다

# 심술쟁이 바람의 노래

바람은 누구일까
얼굴은 보이지 않고
슬며시 다가와
책장을 덮어버린다

심술꾸러기 바람
공원에서
내 모자를 낚아채려
쌩하고 달려들었지

모자를 꼭 붙잡았어
심술꾸러기 바람아
넌 왜 보이지 않니
장난 그만하고
살며시 얼굴 한번 보여줘

# 순수한 바보의 노래

사랑한다는 말 대신
태풍 같은 꾸중으로 마음 담아 보낸다

꿋꿋하고 야무지게 똑똑하고 당당하게
속으로 간절히 바란다
서운한 마음의 원망을 뱉고
그 말들 속에 외로움을 묻는다

울부짖는 소리에 귀를 닫는다
오직 스스로 서야 할
힘과 용기를 길러주고자 한다

다 자란 새끼에게 먹이를 주지 않듯이
아버지의 단호함 또한
사랑의 또 다른 얼굴이다
따뜻한 말 한마디 건네고 싶지만
자립을 위한 무거운 침묵을 선택한다

혹여나 나태하지 않을까

무능하지 않을까
홀로 가슴을 태우며
걱정한다
사회에서 고개 숙이지 않을까
스스로 몸조차 가누지 못할까
하늘을 보며 속으로 기도한다

그래서 아버지는
사랑한다는 말 한마디 남기지 못한 채
소리 없이 눈물을 삼키며 외로움 속에 머문다
먼 산을 바라보며
자신을 다독이는 바보
피와 땀으로 모든 무게를 짊어지지만
끝내 자식에게 사랑받지 못하는
바보 같은 사람
그 이름이 아버지다

# 아빠 사랑해요

집 참 좋다
아빠 나 장가가면 집 사줄 거지

집!
그것은
네가 돈 벌어서 사야 하는 거야

싫어
아빠가 사줘
응…….

아빠 사실은 농담이야
내가 커서 돈 많이 벌어서
아빠 크고 좋은 집 사줄게
사랑해 아빠

# 아픈 마음을 안고

세찬 비바람이
바다를 내리친다
바다는 아프다고
철벅 철벅 물보라를 튕긴다

태풍이 오는 걸까
걱정이 거대한 산처럼 다가온다
바다는 겁먹는 토끼처럼
귀를 쫑긋 세우고 고깃배는 숨죽이며
몸을 움츠린다

바람아 바람아
제발 말썽부리지 말고
살금살금 맨발로 지나가렴
머나먼 곳에서
나를 찾아온 귀한 손님 쓸쓸히 떠나면
내 마음이 아파
눈물로 바다를 채울 테니

# 알록달록 행복의 집

빨강, 노랑, 파랑
갖가지 색을 찾아
쌓고 두드리며 집을 짓는다

부지런한 건축가
아무도 모르게
흙에서 물감을 빚어내고
소리 없이 꿈을 쌓아 올린다

나뭇가지를 디딤돌 삼아
꿀을 모아 담고
색색으로 옷을 차려입으며
알록달록 신혼집을 꾸민다

달콤한 향기로 꽃망울을 터뜨리니
기다리던 새신랑이
살며시 찾아든다

# 엄마가 혼내줘

아이 추워
으스스하다

엄마
응

바람이 자꾸 날 때려
엄마가 혼내줘

# 제3부

# 외로운 밤의 노래

# 엄마도 아플까 봐

엄마
나 아파

어디가 아파

여기 다리가 아파

내가 업어 줄까?

싫어

왜?

엄마도 아플까 봐

# 여기에 내가 있어요

빛이 보인다
따스하게 품어주는
엄마별
든든하게 지켜주는 아빠별
내 별은 어디에

호수 속에 반짝이는 빛을 보라
물결 속에 숨어버린 내 별은
살며시 내게 웃어 보인다

나 여기 있어

손을 뻗어 잡으려 해도
물결에 흔들리며 도망을 간다
언제쯤 끌어내어
하늘 높이 매달 수 있을까
나의 별도 아빠별처럼
밤하늘에 반짝이는 빛이 되소서

# 여행길 위의 빗소리


먹구름 외침 소리
나무는 목을 놓고
먼 산에 자욱하게
안개가 피어 있네
등대 빛
외롭게 앉아
기다리는 서쪽 새

바다는 춤을 추고
바람은 노래하고
햇빛은 구름 뚫고
비시시 밝아진다
오늘도
비는 내리고
여행길을 망칠 듯

# 여행길에 핀 꽃바람

밤새 주룩주룩
폭포처럼 쏟아지던 비

고길도 문학기행 떠나라고
가랑비 되어 정겹게 내리고
더위도 우리를 위하여
저 멀리 비바람 안고
사라질 듯 물러간다

안개 자욱한 고속도로 위
잔잔한 바람은 봄날처럼 나풀거리며
우리의 마음은
깨소금처럼 고소하다

낭송과 노랫소리는 멈출 줄 모르고
종달새 노랫소리처럼
청아하게 울려 퍼진다

# 오이도 황새 바윗길에서

바다 위로 누운 철로 같은
황새 바윗길
물결 위에서 찰랑찰랑
왈츠를 추듯 노닐다가
휘파람 소리로 스친다

먼바다 끝
바위섬이 펼쳐진 그곳에
옛날 옛적 황새가 살았다고
했지만

이제는 자취도 없이 사라져버렸다
이름만 남은 황새 바윗길
한스러운 기억을 새긴 채
지난 그리움을 되새긴다

# 옹알옹알 작은 세상

바람 타고 춤추듯 작은 씨앗이
포로롱 날아와 틈 사이로 비집고
앉아 옹알거린다

좁은 공간이 좁다고
투정 한마디 없이
그저 마냥 즐겁다며

예쁜 얼굴로 화사하게 웃는다
길 가는 사람마다 발길을 멈추고,

신기하다며 고개를 갸우뚱
다시 갸우뚱, 바라본다

# 왜 꽃이 피지 않나요

엄니 봄이 왔네요
근데 왜 꽃은 안 피나요
봄이 오면 꽃 핀다며
엄니가 그렇게 말했잖아요

텅 빈 나뭇가지엔
꽃 대신
희미한 눈꽃만 맺혔어요

엄니
정말 봄이 온 게 맞나요
왜 꽃이 안 피나요
왜 아직도 안 피나요

# 외로운 밤의 노래

달은 혼자임을
불평하지 않고
슬퍼하지 않으며
노여움마저 품지 않는다

늘 사랑을 담아
밝은 빛을 나누고 싶어 한다
그러나 심술궂은 구름이
앞길을 막아선다

그 탓에 달은
짝 잃은 백로처럼
이 밤을 외로이 떠돈다

# 외로움이 지나간 길

욕심은 부질없고
청춘은 가버렸네
허탈한 삶의 모습
어느덧 흘러갔네
젊음은
탁구공처럼
돌아갈 수 없구나

명성은 불필요한
후회된 삶이었네
한순간 스쳐버린
외로운 길이었네
초가을
맑은 하늘에
골프처럼 날려 봐

# 외로움이 머물지 않은 곳

독도는 외롭지 않다
우리가 곁에 있다
의젓하고 단단한 섬
피와 눈물로 지켜낸
조국의 울타리 영원히 빛나며
우리 가슴속 샛별처럼 떠오르는
반짝이는 섬

거친 물결 아래서도
굳건히 서 있는 오뚝이 섬
비바람 태풍 지진에도 흔들림
없이
밤낮없이 조국을 지키는
어머니의 품 같은 섬

영원히 한반도의 수호신 되어
태양처럼 찬란히 빛나리라

# 우겨봐도 어쩔 수 없는

꽃을 보고
나무라고 불러 봐도
나무가 될 수 없다

나무 보고 꽃이라
우겨봐도
꽃이 될 수 없다

아무리 가려 봐도
다 보인다

다 알고 있다

## 우정의 숫자

너의 목소리 너의 소식
너와의 대화
너와의 정들었던 연결고리

가끔 눈길을 끌어
핸드폰을 친구처럼 연인처럼
들여다본다

손가락 끝에 맴도는 망설임
지울까 말까
누르기만 하면
목소리가 들릴 것 같아
누르기만 하면
날 찾아올 것 같아
두근두근 가슴이 뛰고 터질 듯하다

지우지 못하는 번호 너와의 추억
그리움, 가슴속 고여 있다
함께했던 반세기의 세월

긴 세월을
잊어버릴까 봐
아이처럼 걱정이 된다

핸드폰 화면 속
번호를 바라보며
가슴에 남은 눈물 자국을
가만히 닦아낸다

오늘도 번호를 지우지 못한다
너와의 추억을
가슴 한편에 다독이고
그리움만 허공에 흩날리며
핸드폰을 닫는다

# 월계관이 비치는 날

실패란
만 번 중의
만 번을 시도하는 것입니다.

성공은 만 번 중
단 한 번의 성공을 이룬 것입니다.

실패를 두려워하지 마세요.
실패는 성공을 향한
첫걸음입니다.

끝까지 노력하는 이에게
월계관이 찾아올 것입니다

# 이슬을 남긴 새벽

바람의 소리
자연이 들려주는 거룩한 노래

바다가 심술을 부려 훔쳐 가니
바람은 놀라
삼십육계 줄행랑을 친다

어둠을 부드럽게 걷어내며
구름을 헤치고 밝아지니
사박사박 비가 내린다

먼 산 위엔 이슬이 촉촉이 내려앉고
등대는 손짓하듯

호롱불처럼
초롱초롱 불빛을 밝혀놓고

누군가를 애타게
손꼽아 기다리고 있다

# 잃어버린 별의 속삭임

어둠 속에 숨은
옛길을 더듬더듬 걸어간다
잃어버린 별을 찾아
하늘재를 넘는다

희고 고운 나방들이
살며시 날아와 우리를 반긴다
아! 드디어 별이 보인다
구름 뒤에 숨어 있던 별들이
내게로 눈짓하며
장난스레 웃는다

숨바꼭질하다 들킨
아이처럼

# 잊히지 않을 추억

꿈같은 세월들이
한순간 흘러갔네
꽃 피는 봄날들이
찾아올 기약 없고
꿈꾸며
지나가 버린
그 시간이 아쉽다

지나간 순간순간
잊어질 추억 없네
행복은 행복대로
슬픔은 슬픔 대로
소중한
나의 인생사
기록하고 싶어라

# 작은 빛들의 춤

작은 흐름이 거대한 물결을 이루듯이
마음이 모이면
세상을 적시는 태풍처럼 밀려든다
작은 것이라 하여 업신여기지 마라
적은 노력이 언제인가

세상을 밝은 빛이 햇빛같이 따듯함으로
가득 채울 것이다

너의 작은 손길 작은 마음이
내일은 어둠 속에 빛이 더하고
얼어붙은 세상을
햇살처럼 녹여낼 것이다

주저하지 말고 너에 작은 불빛을 밝혀라
작은 빛들이 모여
세상을 환히 비출 날이 분명 올 테니

# 장맛비의 휴식

장맛비 쉬고 싶어
꽃구름 활짝 피네
외출을 감행하는
눈부신 볕의 도발
바다는
빛을 바르는
반짝이는 저 윤슬

물 구름 활짝 열어
하늘길 볕을 주네
끝없는 망망대해
윤슬은 무리 짓네
갈매기
햇볕 찾아서
반짝이는 날갯짓

# 재인폭포 둘레길의 노래

한탄강 유네스코
세계지질공원
재인폭포 둘레길에
개망초가 군락을 이루고

이름 모를 꽃들이
문지기처럼 다소곳이
폭포를 지키고 서 있다

여름날 흰 눈처럼
개망초 머리 위에 내린다
볼품없다며 무시하지 마라

흔들거리면서도
군락을 이룬 꽃들은
초가을 밤하늘의 별처럼
둘레길을 환히 비춘다

# 정답 없는 퍼즐

걱정을 지워 버려
기쁜 맘 찾아보자
모든 걸 잊고 살면
꿈처럼 즐거워라
행복은
내가 찾는 것
많은 노력 필요해

삶이란 행복만이
있는 건 아니잖아
걱정을 해보아도
뾰쪽한 묘수 없네
심하게
걱정하지 마
언젠가는 잊으리

# 죽으면 안 돼

엄마 다리 아파
업어줘

응 그래 빨리 이리 와
그런데 힘들어 죽겠다

엄마 죽는 것이 뭐야?

응 앞집 할머니네 강아지
죽는 것 보았지

그게 죽는 거야

나 내려줘
왜?
엄마 죽으면 안 돼
죽지 마

# 제4부

# 행복으로 가는
# 길목에서

# 천사의 울음소리

눈을 뜨면 들려오는
울음소리
슬픔 때문일까
기쁨 때문일까

그러나 눈물은 없다
저녁이면 밤새도록
끊임없이 울고
아침이 오면
쉼 없이 목청을 높인다

한결같은 그 울음소리
시간도 장소도 가리지 않고
나를 향해 울부짖는다

# 찰밥이 떠난 여행

앗 뜨거워
부글부글, 와글와글
솥 안에서 부풀어 올라
찰진 밥이 된 나는
여행길에 오른다

해님은 방긋 웃고
무지개처럼 펼쳐진 고속도로 위를
미끌미끌, 씽씽 달린다
잠시 들른 휴게소
누군가 나를
아기작 아기작 먹으며 말한다

찰떡처럼 맛있네
오 아직도 많이 남았잖아
다시 도로 담긴 나는
어느 산골짜기 기와집으로 향해
냉장고 속에서
하룻밤을 지새운다

되돌아오는 귀향길
보고 싶은 것도 많았지만
아쉬움은 뒤로하고
또 냉장고 속에 잠들었다

그리고 깨어난 순간
맛있다 다 먹었네
어 또 없어
찰밥의 여행은 이렇게 끝났다

# 청춘은 아직도 살아 있다

젊음은 지나갔어도
청춘은 여전히 살아 있단다
불쌍히 보지 마라

아직 피어 있는 꽃이다
사랑도 있고
그리움도 있고
행복도 내 안에 있단다

늙었다고
낙엽이라 여기지 마라
젊음 못지 않은 열정이 있고
희망과 꿈도 함께 타오르고 있단다

# 추억으로 새겨 놓고

젊음의 그 시절이
꿈같이 흘러갔네
열심히 살아왔던
보람된 삶의 모습
애달픈
지난 추억들
그리움이 쌓이네

오늘도 하루하루
보람된 삶을 찾네
소중한 우리의 삶
후회는 하지 말자
열심히
사는 모습을
새겨가며 살리라

# 콧잔등에 흐르는 온천수

찜질방처럼 달궈진 불볕더위
산골짜기 시냇물은 시원하다
외치며 끊임없이 손짓한다

초록빛 멋쟁이
푸른 여인이 손을 흔들면
인적 드문 정오의 땡볕 아래
한 줌 그늘에도 사람들이 하나둘 모여든다

기다림에 지친 매미는
그리운 임은 어디 있냐며
애타는 목소리로 울고
외로움은 그림자를 드리운다

샘물처럼 솟구치는 땀
콧잔등을 넘쳐흘러도
입안은 여전히 메마른 사막처럼
바짝바짝 갈라진다

# 태허정 최항 선생님의 숨결

세종대왕의 깊은 뜻
집현전 학자들이 함께 힘을 모아
창제한 훈민정음
백성을 위한 거룩한 글

보석 같은 우리 말글이
이 제도 살아 숨 쉰다

최항 선생님의 묘소 앞
하늘 향해 서 있던
웅장한 소나무 한 그루
거센 바람에 꺾였으나

다시 푸르게
굳센 생명으로 되살아나네

# 피고 지는 순간들

사월의 꽃샘추위
별처럼 사라지고
오월에 장미꽃이
해처럼 솟아오네
청계산
둘레길 걷고
내 마음이 기쁘네

꽃들은 앞다투어
연달아 피고 지고
서로가 예쁘다고
내 자랑 앞장서고
자연의
새 생명력이
밝은 세상 만드네

# 하얀 세상을 만들고 싶어

눈꽃으로 온 세상을
하얗게 덮어 버릴 거야
포근한 이불처럼 모든 것을
감싸안으며

먼지 한 톨도
남김없이 씻어내고
너로 인해 세상이 온통
순백으로 물든다면

나는 기꺼이 네가 될게
먼지와 때를 가슴에 품고
졸졸 흐른다

이내 흔적 없이 사라질게
그렇게 조용히
깨끗하고 아름다운 세상을
만들고 싶다

# 함께 피어나는 세상

꽃밭에 옹기종기 모여 앉은
귀여운 봉오리들
보드라운 꽃잎 사이로 생기가 넘친다

무리 지어 서로 기대니
비바람도 덜 노여워지고
함께 피어나는 조화의 꽃

들판에 외로이 핀
한 송이 꽃봉오리
고독 속에 시들어 간다

오두막이 강을 바라보며
강물은 고요히 울음을 삼킨다
흐르는 물결마다
깊은 상처 배어난다

산 좋고 물 맑은 골짜기에도
고요는 외로움을 품고
숲을 스쳐 가는 깊은 상처
지나가는 바람이 외로움을 놓고 간다

# 햇볕을 가르며

쉼 없이 도망가는
물줄기 꿈을 찾고
별 찾는 내 마음은
간절함 가득하네
어둠이
햇볕을 뚫고
거침없이 가잖다

한 편의 동화처럼
꿈꾸는 나의 소망
노을 진 가슴 속에
꿈 찾는 많은 생각
이 밤도
잠 못 이루고
오도 가도 못하네

# 행복으로 가는 길목에서

미움을 던져버릴 때
사랑은 가을의 곡식처럼
풍성히 익어가고

행복은 소리 없이
품 안에 스며들며
삶의 온기는
온돌방처럼 포근해진다

미움과 행복은
행복해지고 싶다면
미움을 놓아주어라

# 행복의 시작되는 자리

스스로 억제하면
진정한 수행의 길
삶이란 생활 속에
의젓한 모습이다
참는 것
쓰디쓴 보약
마실수록 건강해

내 마음 다스려야
즐겁게 살 수 있다
누구나 행복하고
싶으면 인내하라
참는 자
행복의 시작
내 영혼도 기뻐해

# 행복이 머무는 미소

가득한 산채 정식
맛있는 나물 반찬
삼산리 송천 식당
옛 추억 젖어 들고
상다리
행복한 미소
내 품 안에 멈춘다

어떤 걸 먹고 싶나
상다리 부러지네
행복한 웃음소리
얼굴에 꽃이 피고
친구와
여행길 함께
즐거움이 넘친다

# 행복한 세상을 위해

도로 위 하얗게 그어진 선은
길을 안전하게 만들고
고속 열차처럼 빠르게 나아가게 하지요
산길에도 굽이굽이
등선이 있어 우리를 인도합니다

세상에도 보이지 않는 선이 있어요
가족과 이웃, 스승과 제자 사이에
그 선이 지켜질 때
평화가 찾아오고
제트기마저 서로 충돌하지 않지요

국민과 정치인이
이 선을 지켜낸다면
나라가 풍요로워지고,
우리 모두 환히 웃을 수 있습니다

# 환히 웃고 있네

흰 눈은 계절 따라
어디로 떠나가고
꽃 피는 춘삼월이
가까이 밀려오네
따뜻한
봄이 오면은
꽃길 찾아 걷고파

메마른 가지 끝에
계절이 스쳐오네
꽃 피는 봄날 찾아
살며시 꿈틀거려
고운 빛
환히 웃어 봐
매화꽃이 참 곱구나

# 흘러가는 시간 속에

젊음의 그 시절이
덧없이 흘러갔네
열심히 살아왔던
똘똘한 삶의 모습
소중한
지난 추억들
품속에서 잠든다

오늘도 하루하루
뜻깊은 삶을 찾네
소중한 우리의 삶
후회는 하지 말자
열심히
사는 모습을
새겨 놓고 살고파

# 흘러가는 시간에게

강물아 너는 흘러
나와 바다에서 다시 만날 수 있을까
친구야 너와 나는 우연히
커피집에서 마주칠 수 있겠지
세월아 너는 어디로 흘러가니
너와 나는 어디에서 어떻게
다시 만날 수 있을까

바람도 흘러간다
구름은 비가 되어 만날 수 있을지라도
짧은 대화의 추억 속에
흘러가는 시간이여
어디에서 이처럼 귀한 순간의 시간
다시 만날 수 있으리오

# 내 마음인가 보다

태양은 두툼한 마음으로
비타민 디를 듬뿍 뿌려주고
온돌방처럼 따스한 사랑을
건네지만
우리 싫다며
에어컨 아래 멈춰버린다

언젠가는 춥다며
햇빛을 달라 조르던

그 시절은 어디로 갔을까
까마득히 잊어버린 체
그저 흘러가는 것이
마음인가 보다

# 희망은 언제나 있다

아침 해가 떴다
어둠을 밀어내고

세상은 밝아온다
꿈이 떴다

저 구름 위로
빛을 보라

내 가슴엔 아직도
별처럼 반짝이는 희망이 있다

# 흐르는 시간에 사랑의 말을 걸다
– 조이인형 시집 『세상을 물들인 미소』

## 최 봉 희(시조시인, 평론가, 글벗 편집주간)

새뜻한 명지바람이 불어온다. 보드랍고 따스한 봄바람이다. 잎샘추위와 꽃샘추위를 이겨내고 하늘에서 땅으로, 땅에서 하늘로, 나무에서 사람에게로 바람이 불어온다. 꽃 피는 사랑에서 꽃이 지는 슬픔으로, 꽃이 지는 슬픔에서 신록의 잎새로, 그렇게 바람이 불어오고 있다.

우리를 앞질러 달려온 시간은 어느덧 봄으로 달려가고 그 기운은 벗꽃과 산수유꽃 속에 숨어 있다. 하나의 꽃이 피면 새로운 시대가 열린다. 하지만 사람들은 꽃들의 조용한 혁명을 깨닫지 못한다. 소소리바람이 불더니 보드랍고 화창한 바람이 분다. 이제 나비 한 마리가 날아와서 산수유꽃을 찾고 벗꽃을 찾는다. 겨우 남아있는 한 줌의 봄의 시간을 끌어내는 것이다. 흐르는 시간 속에 날개 위에 실린 봄이다.

다시 바람이 분다. 꽃바람이다. 꽃잎이 지고 있다. 나비를

쫓던 마음까지도 나풀거린다. 그렇다. 우리 사랑 또한 작은
바람에도 흔들거린다.

 벚꽃이 진다. 황홀하게 세상을 밝히고 떨어지는 잎, 잎,
잎, 꽃잎들, 어디에도 꽃잎이 떨어진다. 우리네 슬픔이 스
며있는 작은 연못에도 꽃잎이 떨어진다. 분홍빛 작은 파문
이 인다. 눈물을 다 쏟아버린 슬픔이 희미하게 웃는다. 이
맘때면 떠오르는 노래가 있다.

 오늘도 봄날은 간다. 마음 한구석이 저릿하다. 어느덧 조
이인형 시인에게도 일흔여섯 번의 봄은 지나가고 있다.

 시인은 흐르는 시간에 사랑의 말을 걸고 있다. 그의 시조
「돛단배의 실은 꿈」을 감상해 보자.


          옷자락 붙잡고서
          세월은 가고 있네
          저만큼 애달픔도
          등지고 가고 있다
          밤꽃의
          향기마저도
          저 산 넘어 고개로

          봄날이 품 안에서
          순식간 지나갔네
          뜨거운 태양 빛이
          가슴을 후려친다
          세월아

돛단배 타고
가자꾸나 순풍에
– 시조 「돛단배에 실은 꿈」 전문

어느덧 꽃잎이 날리는 봄날이더니 시간은 순식간에 지나
간다. 마치 돛단배를 타고 뜨거운 태양빛 아래에서 순풍의
배를 타고 흘러가고 있다. 시인은 시와 시조로 노래를 부
르면서 시간에 말을 걸고 있다.
기억이 희미하지만, 연천의 박물관 길목이었을 것이다. 시
인의 따뜻한 노래를 들으며 우리는 밤하늘을 올려다보았
다. 시인이 왜 울었는지는 알 수는 없다. 알 수 있는 것은
오직 봄날이 가고 있다는 사실뿐이다.
시인은 올해도 봄의 끝자락을 붙들고 울 것이다. 지금 그
노랫소리가 들려오는 듯하다.

밤새 주룩주룩
폭포처럼 쏟아지던 비

고길도 문학기행 떠나라고
가랑비 되어 정겹게 내리고
더위도 우리를 위하여
저 멀리 비바람 안고
사라질 듯 물러간다

안개 자욱한 고속도로 위

잔잔한 바람은 봄날처럼 나풀거리며
우리의 마음은
깨소금처럼 고소하다.

낭송과 노랫소리는 멈출 줄 모르고
종달새 노랫소리처럼
청아하게 울려 퍼진다
- 시 「여행길에 핀 꽃바람」 전문

 시인이 고길도 문학기행에서 만난 봄의 모습과 감흥을 형
상화하고 있다. 잔잔한 봄바람이 나풀거리며 다가온 그 느
낌은 시인은 '깨소금처럼 고소하다'고 표현한다. 아울러 시
인들의 낭송과 노랫소리는 종달새 노랫소리처럼 청아하게
울려 퍼진다. 어쩌면 봄날의 시간은 그저 꿈만 같다. 봄날
이 아무리 좋아도 그 속에 마냥 머물 수는 없는 법이다.
다만 꽃잎이 바람에 날리면 내 안의 상처들도 날린다. 신
음소리를 다 풀어버린 아픔들이 휘날린다. 야무진 햇살이
내려와 오래된 고통을 뒤집는다. 한나절의 풍장(風葬)이다.
문득 바람을 당기면 저만치 옛 기억들이 살아난다.

꽃밭에 옹기종기 모여 앉은
귀여운 봉오리들
보드라운 꽃잎 사이로 생기가 넘친다

무리 지어 서로 기대니

비바람도 덜 노여워지고
함께 피어나는 조화의 꽃

들판에 외로이 핀
한 송이 꽃봉오리
고독 속에 시들어 간다

오두막이 강을 바라보며
강물은 고요히 울음을 삼킨다
흐르는 물결마다
깊은 상처 배어난다

산 좋고 물 맑은 골짜기에도
고요는 외로움을 품고
숲을 스쳐 가는 깊은 상처
지나가는 바람이 외로움을 놓고 간다
– 시 「함께 피어나는 세상」 전문

 귀여운 꽃봉오리들이 피어오른다. 멀리 아지랑이도 피어
오른다. 아지랑이는 봄의 멀미, 아른거림 속에서 잊어버렸
거나 잃어버렸던 것들이 붉은 옷으로 갈아입는다. 비바람
속에서 한 송이 꽃봉오리는 고독 속에 시들어간다. 강물은
상처에 배인 울음을 삼킨다. 돌아보면 어지럽다. 눈물겹다.
숨 막힌다. 울컥울컥, 느릿느릿 젊은 날의 우리의 모습이
다가온다.

 포근한 봄바람처럼 불어와

내 가슴을 살며시 어루만지네

그 바람 따스한 손길이 되어
마음속 깊은 곳
다독이고
살며시 미소를 피워낸다

그리운 마음도
봄바람을 따라 흩날리고
아기처럼 엄마 품을 찾아간다
달콤한 향기로 가득한 쉼터

눈 감으면 온기가 느껴지는 듯
세상이 모두 따뜻해지고,
내 마음은 아무 두려움 없이
잠이 든다
- 시 「달콤한 향기가 머무는 곳」 전문

문득 창밖의 봄날이 환장하게 곱다. 봄바람은 새뜻하다.
따스한 손길이 되어 나를 다독인다. 엄마의 품속 같고 세
상이 모두 따뜻해진다. 봄은 시를 쓰고 시를 읽는 달콤한
향기가 있는 쉼터다.
시간이 빠르게 흘러간다. 갑자기 늙는다. 어느 날 문득 거
울을 바라보면 노구의 몸이 나를 쳐다보고 있다. 인정하고
싶지 않는 모습이다. 하지만 우리 젊은 날은 더 이상 세상
에 존재하지 않지만 봄의 시간과 계절은 존재한다.

우리가 살아있는 동안 몇 번의 봄을 맞이할 것인가. 또 한걸음 멀어진 내 청춘은 어디쯤에서 서성거리고 있을까?

욕심은 부질없고
청춘은 가버렸네
허탈한 삶의 모습
어느덧 흘러갔네
젊음은
탁구공처럼
돌아갈 수 없구나

명성은 불필요한
후회된 삶이었네
한순간 스쳐버린
외로운 길이었네
초가을
맑은 하늘에
골프처럼 날려 봐
– 시조 「외로움이 지나간 길」 전문

시간은 흘러 청춘은 가버렸다. 젊음은 탁구공처럼 나를 떠나서 돌아갈 수 없다. 이렇듯 인생의 봄날은 지나가고 어느덧 초가을의 맑은 하늘을 만난다. 청춘에 대한 그리움이 보인다. 문득 보고 싶다. 초록별 속에서는 중력을 이기지 못한 사람들이 모여서 시나브로 늙어가고 있다. 그대는 지구인으로 무사한가. 모난 것들을 지우고 술 한잔 건네고 싶다.

 사랑도 미움도 때가 되면 떠난다. 누가 떠나고 있기에, 무엇이 지고 있기에 이리도 아픈가. 신열이 멎을 때쯤에는 꽃 진 자리에서 실컷 울 수 있을까. 저 신록에 섞이려면 다시 무엇을 버려야 하는가. 봄은 언덕을 넘어 숲속으로 사라지고 있다. 시간은 그렇게 흘러간다.

 시인은 가슴에 저민 시 한 구절을 쓰고 읽으면서 시간에게 사랑의 말을 건다.


　　　젊음의 그 시절이
　　　덧없이 흘러갔네
　　　열심히 살아왔던
　　　똘똘한 삶의 모습
　　　소중한
　　　지난 추억들
　　　품속에서 잠든다

　　　오늘도 하루하루
　　　뜻깊은 삶을 찾네
　　　소중한 우리의 삶
　　　후회는 하지 말자
　　　열심히
　　　사는 모습을
　　　새겨 놓고 살고파
　　　- 시 「흘러가는 시간 속에」 전문

젊음의 시절은 흘러갔지만 지난 추억들이 품속에 잠들고 있다. 오늘도 후회하지 않는 최선의 삶, 뜻깊은 삶을 살고 싶은 것이다. 이번에 발간한 이인형 시인의 세 권의 시집은 흘러가는 시간에 사랑의 말을 건네는 시집이다.

그의 시적 경향을 작품을 중심으로 다시금 살펴보자.

사월의 꽃샘추위
별처럼 사라지고
오월에 장미꽃이
해처럼 솟아오네
청계산
둘레길 걷고
내 마음이 기쁘네

꽃들은 앞다투어
연달아 피고 지고
서로가 예쁘다고
내 자랑 앞장서고
자연의
새 생명력이
밝은 세상 만드네
– 시조 「피고 지는 순간」 전문

그의 표현의 중심은 시각적인 표현이다. 잔잔한 마음에 오월의 장미꽃을 소재로 봄을 준비하는 마음을 그린다. 봄이 오는 모습을 꽃샘추위가 별처럼 사라지고 오월의 장미

꽃이 해처럼 솟아온다고 말한다. 자연 속에서 시간 속에서 자신의 모습을 발견하는 것이다. 봄을 기다리는 기쁨과 자연 속에 있는 생명의 경이로움을 그림을 그리듯이 감각적으로 표현한다.

무엇보다도 시와 사진을 가깝게 연결하는 것은 바로 수사법이다. 사진은 대상을 보고 느끼는 연상작용을 통해 의미 구조를 창조하기 때문이다.

세월이 지나가니
갈수록 익어가네
달빛에 마음 싣고
그 순간 기억되네
젊은 날
상큼한 당신
마음 담고 흐르네

달빛이 지나가듯
세월이 가고 있네
나그네 떠나가듯
가버린 지난 추억
가슴속
깊은 곳에서
눈물처럼 흐르네
– 시조 「상큼한 당신의 미소」 전문

연상작용이란 하나의 관념이 다른 관념을 불러일으키는

현상이다. 위의 시조처럼 '달빛'을 보고 '젊은 날의 추억'을 떠올리면서 '나그네'의 이미지로 시를 이끈다. '인생길'에서 '추억'을 떠올리면서 그 시간은 눈물처럼 흐른다. 그 눈물은 어떤 눈물일까? 후회의 눈물일까? 아픔의 눈물일까? 아마도 필자의 생각은 '그리움'의 눈물이리라. 이때 눈물과 그리움의 두 관념 사이에는 과학적이고 논리적인 근거는 희박하다. 하지만 감성적으로 연결되는 이미지가 있다. '달빛'은 원관념 '세월' 혹은 '나그네'를 불러온 마음의 모습이다, 즉 '심상(心象)'이다. 그리고 비교되는 두 가지 대상의 개념이 서로 거리가 멀수록 비유법이 신선해진다.

젊음은 지나갔어도
청춘은 여전히 살아 있단다
불쌍히 보지 마라

아직 피어 있는 꽃이다
사랑도 있고
그리움도 있고
행복도 내 안에 있단다

늙었다고
낙엽이라 여기지 마라
젊음 못지 않은 열정이 있고
희망과 꿈도 함께 타오르고 있단다
– 시 「청춘은 아직도 살아 있다」 전문

시인은 꽃이 피어 있는 것을 보고 내 안에 행복이 있다고 노래한다. 낙엽을 보면서 시인은 '열정'과 '희망과 꿈'을 말한다. 사랑도 있고 그리움이 있기에 내 안에 행복이 있다면서 자신은 아직도 꽃이 피어 있는 젊음의 열정을 드러낸 것이다.

 사진의 표현형식도 역시 바로 연상작용과 관련 있다. 이미지의 비유를 통해 이야기를 담는다. 그리고 자신의 메시지를 전한다. 감상자들은 한 꺼풀 가려진 이미지를 해석하는 과정에서 더 많이 상상하게 된다. 시와 시조도 마찬가지다. 그리고 작품 속에 숨겨진 비유의 뜻을 풀게 되면 희열을 느낀다.

> 괴로움은 바람에 실려 사라지고
> 고통이 머문 자리엔
> 고요히 슬픔이 피어난다
> 인생은 한 송이 꽃처럼
> 서서히 시들어 가며
> 자연스레 자신을 받아들인다
>
> 이른 새벽 시장은 분주하다
> 익모초 파는 아저씨의 걸쭉한 목소리엔
> 생의 생동감이 깃들어 있다
>
> 행복과 불행은
> 결국, 마음먹기에 달린 것

욕심을 내려놓고
소소한 정을 나눌 때
달빛 머금은 호수처럼
고요와 평화가 스며든다

별빛도, 달빛도
손끝에 걸려 비단처럼 흐르고
문학의 세계가
활짝 열리는 순간

얼마나 복된 일인가
세월의 고통을 털어내고
슬픔을 잊으며
감사의 기도로
새벽 종소리 따라간다
– 시 「새벽 종소리 밟으며」 중에서

　새벽 종소리를 들으면서 시인은 행복과 불행에 대한 깨달음을 얻는다. 욕심이 아니라 소소한 정을 나눌 때 고요와 평화가 흐르고 별빛도 달빛도 비단처럼 흐르는 문학의 세계가 열리는 순간임을 깨닫는다. 결국 시인은 문학의 세계에서 호흡하는 것은 복된 일이라고 말한다.
　언어로 표현된 어떤 현상에 대하여 마음속의 떠오르는 감각적 인상이 이미지다. 나타내고자 하는 어떤 생각, 정서, 현상을 구체적인 감각적 언어로 표현하여 독자에게 독창적인 이미지를 환기하는 것은 복된 일이다. 이런 의미에서 시적 형상화는 시인에게 매우 소중하고 가치 있는 일이다.

> 달린다
> 힘차게 인생의 길을 달린다
> 내가 가는 길 맞을 거야
> 좋은 길일 가야
> 빨리 갈 수 있을 거야
>
> 기쁨도, 사랑도, 행복도
> 모두 꽃길에 흩뿌려 둔 채
> 목적지를 향해 정의롭게
> 자동차처럼 달린다
> 앞만 보고 달려간다
>
> 그렇게 힘차게 달려왔던 그 길이
> 험하고 거칠고 먼지만 휘날리는
> 느린 길이었다
>
> 바보처럼 비포장을
> 달리고 있다
> – 시 「거친 길의 노래」 전문

 따라서 이미지 형상화는 대상의 겉모습을 그려내는 과정
이 전부가 아니다. 작가가 그 대상을 통하여 말하고 싶은
철학 또는 사상이 들어가도록 그림처럼 그려내는 것이다.
 위의 시조처럼 '인생길'을 그리고자 할 때 작가는 '꽃길'만

그리는 것이 아니라 험하고 거칠고 먼지만 휘날리는 비포
장의 느린 길이기도 하다.
 조이인형 시인의 시 「불빛을 품은 밤」을 감상해 보자.

　　　말없이 서 있는 가로등
　　　어둠을 밝히는 작은 등불이
　　　비바람 속에서도 꺼지지 않으니
　　　그 모습이 대견하고 안쓰럽다

　　　밤이 오면 불빛을 봉화처럼 밝혀 들고
　　　길을 비추는 전신주
　　　그 작은 어깨 위에 걱정이 태산이다

　　　혹여 넘어질까 다칠까
　　　빛을 비추며 속삭인다
　　　조심히 걸어가라

　　　불빛 아래 수많은 발자국과 그림자가
　　　가는 길이 더 환하고
　　　안전하기를 기도하며
　　　이 밤도 꼿꼿이 자리를 정승처럼
　　　떡 버티고 서 있다
　　　- 시조 「불빛을 품은 밤」 전문

 시인은 '가로등'이라는 소재를 통해서 의인화의 기법으로
자신의 삶을 정승처럼 봉화처럼 지켜준 것에 대한 자신에

대한 성찰이다. 시각적으로 활용하여 안전을 소망하면서 감사의 마음을 표현한다.

계곡물 자갈자갈
메아리처럼 속삭인다
유리알처럼 투명하게
순수함으로 똘똘 뭉쳐

모난 바윗돌을 부처님 마음으로
수천 년 쓸고 닦아 어른다

거친 바위를 다듬어
어린 동자의 모습으로 빚고
수양하는 마음으로 몽돌을 만들어 간다

월정사 부처님께
수천만 배 드리는 물결 소리
숨이 차오르며 거품을 문다

오늘도 하염없이 쉬지 않고
소원 성취 발원한다
– 시 「수양의 길목에서」 전문

조이인형 시인은 날마다 글 나눔을 통해서 함께 배우면서 연구하고 탐구한다. 마치 바윗돌이 자신을 쓸고 닦아 몽돌이 되어 가고 있다. 오늘도 물결을 만나는 몽돌이 되어 숨이 차오도록 거품을 문다. 그도 그럴 것이 시인은 현재 팔순을 바라보는 나이에 한국방송통신대학교 국어국문학과에 재학 중이다. 얼마나 아름다운 열정인가. 시인은 오늘도 수양의 길목에서 마음을 닦고 시를 쓰고 있다.

어느 날인가. 시인에게 물었다.

"열정적인 배움과 글쓰기를 하시는 이유가 도대체 무엇때문인가요?"

시인은 이렇게 대답한다.

"무엇보다도 진정한 나를 찾을 수 있기 때문이지요. 그래서 글공부가 즐겁습니다."

나는 이 말에 공감한다. 무엇보다도 글쓰기는 인간의 내면에 대한 성찰과 성장을 돕는 행위가 분명하다.

메마른 대지 위에
여우비 찾아드니
맑아진 등산로 길
연초록 여울지고
골짜기
자작나무 위
다람쥐도 반기네

동산에 아침 햇살
꽃처럼 피어나며
고목이 움이 트고
새싹이 돋아나니

앙가슴
그리움 찾아
샘물처럼 흐르네
— 시조 「그리움의 끝에서」 전문

위 시조는 그리움이 초록으로 여울지고 꽃이 피는 봄날에 다람쥐처럼 샘물처럼 그리움의 작품이다. 시조는 이처럼 인간의 내면을 섬세하게 드러내는 장르다. 섬세한 언어로 포착한 시조 작품을 깊이 있게 이해하는 과정은 다소 힘겨울지 모른다. 하지만 그 과정은 즐거움을 동반한다.

시와 시조는 단번에 파악되지 않는다. 때로는 어렵다. 독해 과정은 더욱 힘들다. 하지만, 여러 겹의 의미를 하나하나 열어가거나 혹은 하나의 대상을 다양하게 해석해 보는 즐거움을 이끈다.

그런 탓인지 조이인형 시인은 즐거움과 어려움이 공존하는 시 쓰기의 과정을 통해 시인의 내면세계를 관찰하고 아울러 독자의 내면을 성찰하는 기회를 부여한다.

찜질방처럼 달궈진 불볕더위
산골짜기 시냇물은 시원하다
외치며 끊임없이 손짓한다

초록빛 멋쟁이
푸른 여인이 손을 흔들면
인적 드문 정오의 땡볕 아래

한 줌 그늘에도 사람들이 하나둘 모여든다

기다림에 지친 매미는
그리운 임은 어디 있냐며
애타는 목소리로 울고
외로움은 그림자를 드리운다

샘물처럼 솟구치는 땀
콧잔등을 넘쳐흘러도
입안은 여전히 메마른 사막처럼
바짝바짝 갈라진다
- 시 「콧잔등에 흐르는 온천수」 전문

  인간의 마음은 가장 이해하기 어렵다고 한다. 또한 가장 제어하기 어려운 대상이기도 하다. 그러한 마음의 세계를 시로 표현하는 조이인형 시인은 자신의 마음을 다스리고 직시할 줄 아는 사람이라고 말할 수 있겠다.
  '차량 운전은 마치 시를 쓰는 것과 같다.'고. 초보운전자는 조심 운전해야 하는 두려움이 많아 프로 운전자보다 사고 위험이 적다는 것이다. 그러나 원숙한 운전자는 자신의 과신하거나 잘못된 습관으로 때로는 큰 사고를 유발하기도 한다는 것이다. 더불어 시 쓰기는 목표를 향해 꾸준하게 나아가야 함을 강조하기도 했었다.
  이에 조이인형 시인의 시 「추억의 행복」 감상해보자.

추억의 고향 어려워도 힘들어도
초가집 보릿고개가
행복했다고 말하지요
진실일까 아닐까

(중략)
추억의 행복이
냉장고가 낮잠 자고
지갑이 뚝 떨어지고
날씨는 칼바람 번개 치고
다리 밑으로
피눈물이 한 움큼 흘러가고 있지요
- 시 「추억의 행복」 중에서

시인의 인생길은 아픔이지만 추억할 수 있는 행복이다.
냉장고가 낮잠 자고 지갑이 텅 비어도, 추운 겨울 속에 지
나온 세월 지금은 추억이기에 행복하다고 말한다. 아마도
어려웠던 추억이 그리움 때문이 아닐까. 시인의 말대로 지
금이 행복해서 그리워지는 것은 아닐까?
3권의 시와 시조집을 동시에 발간하는 조이인형 시인의
시에 그리는 그림은 바로 사랑의 목소리, 곧 행복이다.
끝으로 시인의 말을 다시금 되새겨 본다.

시를 쓴다는 것은 감정을 다스리고, 자신을 다듬어 사랑을
나누는 일입니다. 슬픔과 미움을 녹여 사랑으로 승화시키는

행위, 그 자체가 사랑입니다. 시는 서로 공감하고 감성을 나누는 소통의 매개체이자, 삶을 행복으로 채우는 도구가 되기를 기원합니다.
– 「시인의 말」 중에서

시인의 생각은 언제나 인내를 생각한다. 마음의 목소리는 언제나 푸른 생각을 지니고 있다. 계절이 바뀌어도 변하지 않는 푸른 마음을 시인은 닮고 싶은 것이다. 그래서 시인의 목소리는 수행의 목소리이다. 시조를 쓰는 삶처럼 인내와 절제의 목소리이다.

스스로 억제하면 진정한 수행의 길
삶이란 생활 속에 의젓한 모습이다
참는 것 쓰디쓴 보약 마실수록 건강해

내 마음 다스려야 즐겁게 살 수 있다
누구나 행복하고 싶으면 인내하라
참는 자 행복의 시작 내 영혼도 기뻐해
– 시조 「행복이 시작되는 거리」 전문

시인은 오늘도 흐르는 시간에 말을 걸 듯 행복의 시, 사랑의 시를 쓴다. 그것은 물론 사랑의 감성이 있기에 가능한 일이기도 하다. 때로는 미움도 생기고 그리움도 있는 세상이다. 하지만 오늘도 시인은 어린 시절의 추억을 더듬어서 지금의 행복을 떠올린다. 더불어 행복의 시, 사랑의 시를 쓰면서 자연(앵무새) 에 그 해답을 묻곤 한다.

초가집 보릿고개
어려워도 힘들어도
행복했다고 말하지요
진심일까 아닐까요

그리움 때문일까
보고픈 세월일까요
기억 속에 뭉텅이
정 때문일까요

가난했던 소년 얼굴
가끔은 보고 싶네요

지금이 행복한 건가
그때가 그리움 때문일까 아닐까
앵무새에게 물어볼까
말까요
  – 시「묻고 싶은 한마디」전문

　조이인형 시인은 살아온 추억의 시간, 그리고 젊음의 시
간에 말을 걸어왔다. 그 해답을 찾기 위해서 자연에게 혹
은 삶의 수행 과정에서 다양한 질문으로 묻곤 했다. 그리
고 그 해답을 사랑의 그림, 행복의 그림이 그려가고 있는
것이다.
　이제 여러 독자님께 조이인형의 생각을 읽고 자신의 관점

에서 그 감성을 느껴 보라고 권하고 싶다. 무엇인가 느껴
지는 울림이 있을 때 거기에서 참 행복을 만날 수 있으리
라 생각한다.

  끝으로 조이인형 시인의 시 「흘러가는 시간에게」라는
시를 감상하면서 글을 마무리할까 한다. 친구를 커피집에
서 만나듯 강물과 바다가 그 어디에선가 만나는 기쁨, 그
리고 바람이 구름, 그리고 비가 되는 순간, 그것은 아마도
창작의 순간, 곧 행복한 순간이 아닌가 한다. 다시금 그의
글쓰기 수행과정에 함께 할 수 있음에 감사한다.


       강물아, 너는 흘러
       나와 바다에서 다시 만날 수 있을까
       친구야 너와 나는 우연히
       커피집에서 마주칠 수 있겠지
       세월아 너는 어디로 흘러가니
       너와 나는 어디에서 어떻게
       다시 만날 수 있을까

       바람도 흘러간다
       구름은 비가 되어 만날 수 있을지라도
       짧은 대화의 추억 속에
       흘러가는 시간이여
       어디에서 이처럼 귀한 순간의 시간
       다시 만날 수 있으리오
       – 시 「흘러가는 시간에게」 전문

# MEMO

■ 글벗시선 225 조이인형 여섯 번째 시와 시조집

# 세상을 물들인 미소

**인 쇄 일** 2025년 4월 25일
**발 행 일** 2025년 4월 25일
**지 은 이** 조이인형
**펴 낸 이** 한 주 희
**편집주간** 최 봉 희
**펴 낸 곳** 도서출판 글벗
**출판등록** 2007. 10. 29(제406-2007-100호)
**주    소** 경기도 파주시 와석순환로 16,(야당동)
          롯데캐슬파크타운 905동 1104호
**홈페이지** http://cafe.daum.net/geulbutsarang
**E-mail** pajuhumanbook@hanmail.net
**전화번호** 010-2442-1466
**팩    스** 031-957-7319
**가    격** 12,000원
**I S B N** 978-89-6533-296-1 04810